熊寶寶趣味
階梯閱讀

4至5歲

雨從哪裏來？

新雅文化事業有限公司
www.sunya.com.hk

熊寶寶趣味階梯閱讀（4 至 5 歲）
雨從哪裏來？

作　　者：譚麗霞
繪　　圖：野人
責任編輯：黃花窗
美術設計：陳雅琳
出　　版：新雅文化事業有限公司
　　　　　香港英皇道 499 號北角工業大廈 18 樓
　　　　　電話：（852）2138 7998
　　　　　傳真：（852）2597 4003
　　　　　網址：http://www.sunya.com.hk
　　　　　電郵：marketing@sunya.com.hk
發　　行：香港聯合書刊物流有限公司
　　　　　香港新界大埔汀麗路 36 號中華商務印刷大廈 3 字樓
　　　　　電話：（852）2150 2100
　　　　　傳真：（852）2407 3062
　　　　　電郵：info@suplogistics.com.hk
印　　刷：中華商務彩色印刷有限公司
　　　　　香港新界大埔汀麗路 36 號
版　　次：二〇一七年七月初版

ISBN: 978-962-08-6835-1
© 2017 Sun Ya Publications (HK) Ltd.
18/F, North Point Industrial Building, 499 King's Road, Hong Kong
Published and printed in Hong Kong

導讀

　　《熊寶寶趣味階梯閱讀》系列的設計是用簡短生動的故事，幫助孩子識字及擴充詞彙量，並從中學習簡單的語法及日常生活常識。這輯的故事是專為四至五歲的孩子而編寫的，這個階段的孩子已認識了一些基本的中文字，他們可以在父母的陪伴引導之下，去讀一些文字較多的圖畫書，進一步增加詞彙量。這輯圖書除了能讓孩子學會更多的常用字詞與基本句式之外，還讓孩子初步學習一些簡單文法及科普知識。

語言學習重點

　　父母與孩子共讀《雨從哪裏來？》時，可以引導孩子多學多講，例如：

❶ **學習關於氣象的詞語**：可以向孩子講解晴天、雨天、陰天、颱風、落雹等詞語。

❷ **鼓勵孩子發問**：讓他們用「為什麼」、「幾時」、「哪裏」、「怎樣」等來問一些問題。

親子閱讀話題

　　童年的其中一個可貴之處，在於有強烈的好奇心。父母應該引導孩子多發問，能問出一些有趣的問題，才會有動機去尋找有深度的答案。就由父母開始做起，多用啟發性的方式與孩子溝通吧！例如：「你最喜歡的發明是什麼？」「如果你是一個發明家，你最想發明什麼東西？」等等。

　　另外，家長可與孩子選讀一些簡易的科普書。孩子對科普知識有強烈的興趣，而且他們的記憶力很強，能牢記讀過的內容，並會熱心地跟別人分享。這對孩子吸收知識及增強自信心都大有益處！

譚麗霞

下雨了。熊寶寶望着小雨點，
問：「爸爸，雨是從哪裏來的？」

xióng bà ba shuō yǔ shì cóng tiān
熊爸爸説：「雨是從天
shang de yún zhōng diào xia lai de
上的雲中掉下來的。」

_{xióng bǎo bao wèn} 熊寶寶問：「_{tiān shang de yún shì cóng}天上的雲是從

_{nǎ li lái de}哪裏來的？」

6

熊爸爸説：「河裏的水和泥土裏的水，在太陽下感到太熱了，就飛上天空，變成了雲。」

熊寶寶問：「泥土裏的水是從哪裏來的？」

熊爸爸説：「就是天上的雲越來越厚，變成了雨，從天空中掉下來的。」

熊寶寶問：「天上的雲是從哪裏來的？噢，我已經問過了！」

xióng bà ba sōng le
熊爸爸鬆了
yì kǒu qì
一口氣。

zhè shí　　tiān kōng zhōng chū xiàn le
這時，天空中出現了
yí dào cǎi hóng
一道彩虹。

熊寶寶問：「爸爸，
彩虹是從哪裏來的？」

Where Does Rain Come From?

P.4 It is raining. Watching the raindrops, Bobo Bear asks, "Daddy, where does rain come from?"

P.5 "Rain falls from the clouds in the sky," Papa Bear says.

P.6 "And where do the clouds in the sky come from?" asks Bobo Bear.

P.7 "When the water in rivers and the earth get too hot," replies Papa Bear, "it floats up through the air and becomes clouds."

P.8 "And where does the water in the earth come from?" asks Bobo Bear.

P.9 "As the clouds in the sky get thicker and thicker," replies Papa Bear, 'they turn into rain, falling from the sky."

P.10 "So where do the clouds in the sky come from?" asks Bobo Bear. "Oh wait – I've already asked that!"

P.11 Papa Bear lets out a sigh of relief.

P.12 Just then, a rainbow appears in the sky.

P.13 "Daddy," asks Bobo Bear, "where does rainbow come from?"

語文活動

親子共讀

1 講述故事前，爸媽先把故事看一遍。

2 講述故事時，引導孩子透過插圖、自己的相關生活經驗、故事中的重複句式等，來猜測生字的意思和讀音。

3 爸媽可於親子共讀時，運用以下的問題，幫助孩子理解故事，加深他們對新字詞的認識；並透過故事當中的意義，給予他們心靈的養料。

建議問題：

封　面：從書名《雨從哪裏來？》，猜一猜熊寶寶和熊爸爸在雨天會一起做什麼。

P. 4-5：熊寶寶看着什麼？猜一猜熊寶寶聽完爸爸的答案後還會問什麼問題。

P. 6-7：為什麼河裏和泥土裏的水會跑到天上去？猜一猜熊寶寶會再問什麼問題。

P. 8-9：為什麼雲裏的水會掉下來？猜一猜熊寶寶會再問什麼問題。

P. 10-11：為什麼熊寶寶會問相同的問題呢？猜一猜熊寶寶會不會再發問。

P. 12-13：天上的彩虹有什麼顏色呢？猜一猜熊爸爸知道答案嗎？

其　他：猜一猜彩虹是從哪裏來的，然後從科普圖書中找出答案。

　　　　你在下雨天會做什麼？你喜歡什麼樣的天氣呢？

4 與孩子共讀數次後，請孩子以手指點讀的方式，一字一音把故事讀出來。如孩子不會讀某些字詞，爸媽可給予提示，協助孩子完整地把故事讀一次。

5 待孩子有信心時，可請他自行把故事讀一次。

6 如孩子已非常熟悉故事，可把故事的角色或情節換成孩子喜愛的，並把相關的字詞寫出來，讓他們從這種改篇故事中獲得更多的閱讀樂趣，以及認識更多新字詞。

識字活動

請撕下字卡，配合以下的識字活動，讓孩子掌握生字的字形、字音和字義。

指物認名：選取適當的字卡，將字卡配對故事中的圖畫或生活中的實物，讓孩子有效地把物件及其名稱聯繫起來。

★ 字卡例子：太陽、小雨點、泥土

動感識字：選取適當的字卡，為字卡設計配合的動作，與孩子從身體動作中，感知文字內涵的不同意義，例如：情感、動作。

★ 字卡例子：下雨、望着、一口氣

字源識字：選取適當的字卡，觀察文字中的圖像元素，推測生字的意思。

★ 字卡例子：下雨、小雨點、雲，用圓點標示的字同屬「雨」部；水、河、泥土，用圓點標示的字同屬「水」部

字形：像下雨的樣子。（象形）
字源：雨從天上落下，遠遠看出雨點如絲。現在的寫法，上面一橫連着中間一豎「丅」，表示雨從天落下，下面左右各兩點「ㄨ」，即是雨；再用一豎和一橫又一豎連鈎「冂」，指出天空中下雨的範圍。

字源識字：雨部

句式練習

準備一些實物或道具，與孩子以模擬遊戲的方式，練習以下的句式。

句式：角色一：_____ 是從哪裏來的？
　　　角色二：[提供答案]

例子：角色一：水果是從哪裏來的？
　　　角色二：水果是從農場來的……

字形：像流水的樣子。（象形）
字源：河水流動時，波紋蕩漾不定，看起來時長時短。現在寫成中間一豎連鈎「亅」，表示長水紋，左邊一橫一撇「ㄱ」和右邊一啄一捺「ㄑ」，就表示短水紋。偏旁寫成「水」或「氵」。

字源識字：水部

識字遊戲

　　待孩子熟習本書的生字後，可使用字卡，配合以下適當的識字遊戲，讓孩子從遊戲中温故知新。

記憶無限：選取一些字卡，爸媽說出數張字卡上的字，請孩子按正確次序說出及排列字卡，讓孩子從遊戲中複習字音和字形，並增強記憶力。

小貼士 可由 2 張字卡開始，然後逐步增加數量。選取字卡時，可挑選有意思的組合，例如：「一道 + 彩虹」、「天上 + 出現 + 彩虹」，讓孩子從遊戲中學習有意義的詞組或句子。

創意無限：把字卡分成三大類：名詞、動詞和其他類別，然後分別放在三個神秘袋內，請孩子從各個袋子中抽取一張字卡，並用這些字卡來創作句子或短故事，讓孩子從遊戲中運用不同的詞類。

小貼士 可變化抽取字卡的數量，以增加遊戲的靈活性和趣味。

找錯處：在透明膠片上臨摹字卡上的字，但刻意寫錯部分筆畫，例如：把「天上」寫成「大上」、「泥土」寫成「尼土」，然後請孩子比對字卡和透明膠片上的字，指出寫錯的地方，訓練孩子辨別字形相似的字。

小貼士 遊戲初期，可提供字卡予孩子對比；到後期可不提供，讓孩子從記憶中搜索他記得的字形。

彩虹

雨從哪裏來？

下雨

雨從哪裏來？

小雨點

雨從哪裏來？

雲

雨從哪裏來？

河

雨從哪裏來？

水

雨從哪裏來？

泥土

雨從哪裏來？

太陽

雨從哪裏來？

天上

雨從哪裏來？

天空

雨從哪裏來？

望着

雨從哪裏來？

掉下

雨從哪裏來？

感到

雨從哪裏來？

飛上

雨從哪裏來？

出現

雨從哪裏來？

鬆了

雨從哪裏來？

一口氣

雨從哪裏來？

越來越

雨從哪裏來？

厚

雨從哪裏來？

熱

雨從哪裏來？

已經

雨從哪裏來？

噢

雨從哪裏來？

一道

雨從哪裏來？

這時

雨從哪裏來？